STORIES FR~
WOODSIDE ,

Written and illus   ں ed by children from Pen pal Club

Translated into Russian, Spanish, Polish and Romanian by children from our partner schools

THE MAGIC GRASSHOPPER

Once upon a time 4 pen pal children were digging for vegetables in Mrs Edward's gardening club. Suddenly, someone pulled out a vegetable and a grasshopper popped out.

"Hello," said the grasshopper. The children were terrified but excited.

"Please, can you help me? You look like sensible children," said the grasshopper.

"Why do you need help?" asked one of the children.

"There's an evil dinosaur living at dinotimes and he wants to eat me! Please, help!" begged the grasshopper.

Suddenly, a black hole opened and they all fell into it. They saw millions of twinkly stars on their way and they felt petrified.

The children and the grasshopper landed at dinotimes in the big patch of leaves. They saw a huge, fluffy, stripy, black and orange tail in front of them.

"This tail looks like a tiger's one. But it is enormous!" said the children.

The tiger appeared to be a friendly one and he licked the children happily. He didn't like the evil dinosaur too and wanted to help the children to defeat it.

They all dug the huge hole to catch the dinosaur. The next day they saw the dinosaur coming towards them. They all sat quietly and waited. Eventually, the dinosaur fell into the hole.

When the children saw the dinosaur in there they felt sorry for him. He looked lonely and sad. The dinosaur's eyes opened and the children saw a big tear. The dinosaur said, "I'm lonely. I need a friend."

Suddenly, the black hole opened again. The children shouted, "Goodbye dinosaur! Goodbye tiger!" and after a while they landed in the Woodside Academy garden again. "What an adventure!" they shouted.

The grasshopper said, "Thank you for your help. I need to go back because the dinosaur needs a friend. And actually, I'm a bit lonely too."

THE END

A BATTLE OF TWO WORLDS

Meet the characters:

Jayden Jade God

Unicorn Queen

Shadow Monster

Polar Bear

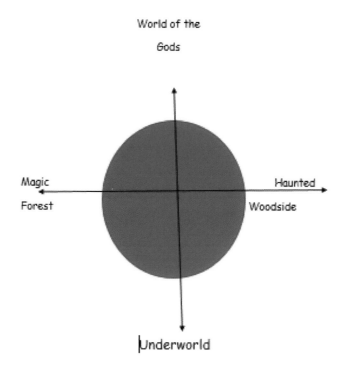

World of the
Gods

Magic
Forest

Haunted
Woodside

Underworld

A long time ago at haunted Woodside Academy, Shadow Monster and Evil Polar Bear were plotting to destroy good worlds and replace them with bad ones.

Chapter 1

A long time ago, a Shadow Monster was fed up with his land. So, he ordered Evil Polar Bear to find the biggest bomb I the world. Then, he sent a message to both worlds: "The worlds will end tomorrow." As quick as a flash, Jayden and

Unicorn Queen flew to haunted Woodside and it wasn't tomorrow...It was today...

Chapter 2

How could they stop the bomb? Could they actually stop it? Unfortunately, they came too late. The bomb exploded! KABOOM!!!

Chapter 3

The good worlds exploded. There was a huge battle as the Unicorn Queen and Jayden Jade God fought the Shadow Monster and the Evil Polar Bear. At the end the evil characters were defeated and they escaped in their hot air balloon. They were never seen again.

The good worlds were rebuilt and everybody living in them lived happily ever after.

THE END

Magiczny Konik Polny

Pewnego razu 4 dzieci z klubu Pen Pal kopało w
klubie ogrodniczym pani Edward's w
poszukiwaniu warzyw.

Nagle któreś z nich wyrwało z ziemi warzywo,
zza którego wyskoczył konik polny. - Cześć -
powiedział konik polny.

Dzieci były przestraszone, ale też podekscytowane.

- Proszę, czy możecie mi pomóc? Wyglądacie na rozsądne dzieci - rzekł konik polny.

-Dlaczego potrzebujesz pomocy? - spytało jedno z dzieci.

- W Dinotimes mieszka zły dinozaur, który chce mnie zjeść! Proszę, pomóżcie! - błagał konik polny.

Nagle otworzyła się czarna dziura, do której wszyscy wpadli. Ich oczom ukazał się widok milionów migoczących gwiazd i poczuli się sparaliżowani. Dzieci i konik polny wylądowały na dużej grządce pokrytej liśćmi.

Naprzeciwko nich zobaczyli wielki, puszysty, prążkowany, pomarańczowo-czarny ogon. - To wygląda jak ogon od tygrysa. Ale jest olbrzymi! - powiedziało jedno z dzieci.

Tygrys okazał się być przyjazny i radośnie je polizał. On również nie lubił złego dinozaura i chciał pomóc dzieciom w pokonaniu go. Wszyscy zaczęli kopać wielką dziurę, w którą miał wpaść dinozaur. Następnego dnia zobaczyli dinozaura, idącego w ich kierunku. Usiedli cicho i czekali.

Ostatecznie dinozaur wpadł do dziury. Gdy dzieci zobaczyły jednak tam dinozaura, zrobiło im się przykro z jego powodu. Wyglądał na samotnego i przygnębionego. Dinozaur otworzył oczy, a dzieci zobaczyły dużą spływającą łzę.

Powiedział: - Jestem samotny. Potrzebuję przyjaciela.

Nagle czarna dziura otworzyła się ponownie.

Dzieci krzyczały: - Pa, dinozaurze! Pa, tygrysie! - i po chwili wylądowały znowu w ogrodzie Akademii Woodside .

- Co za przygoda! - wołali. Konik polny powiedział: - Dziękuję za pomoc! Muszę już wracać, bo dinozaur potrzebuje przyjaciela. A tak właściwie, ja jestem też trochę samotny.

KONIEC

Bitwa dwóch światów

Poznaj bohaterów:

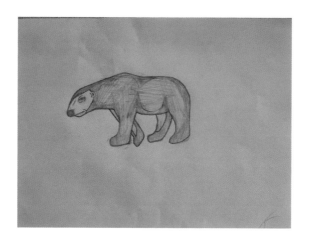

Zły Miś Polarny

Potwór Cienia

Królowa Jednorożec and Jayden Jade

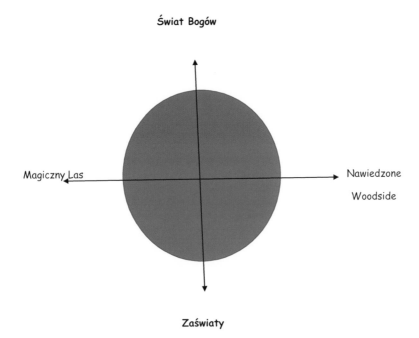

Świat Bogów

Magiczny Las

Nawiedzone
Woodside

Zaświaty

Dawno temu w Nawiedzonej Akademii Woodside Potwór Cienia i Zły Miś Polarny planowali zniszczyć dobre światy i zamienić je w złe.

Rozdział 1

Dawno temu Potwór Cienia miał dość swojej ziemi, więc polecił Złemu Misiowi Polarnemu, aby znalazł największą bombę na świecie. Następnie wysłał wiadomość do obu światów: "Świat skończy się jutro". Tak szybko jak błysk Jayden i Królowa Jednorożec polecieli do Nawiedzonej Akademii Woodside. I to nie było jutro... To było dzisiaj...

Rozdział 2

Jak mieli zatrzymać bombę? Czy w ogóle mogli ? Niestety, przybyli za późno. Bomba wybuchła! KABOOM!

Rozdział 3

Dobre światy eksplodowały. Odbyła się wielka bitwa pomiędzy Bogiem Jayden Jade i Królową Jednorożec, a Złym Misiem Polarnym i Potworem Cienia. Na końcu złe postacie zostały pokonane i uciekły swoim balonem na gorące powietrze. Już nigdy nikt ich nie zobaczył.

Dobre światy zostały odbudowane i wszyscy,
którzy w nich żyli, żyli długo i szczęśliwie.

KONIEC

ВОЛШЕБНЫЙ КУЗНЕЧИК

Однажды четверо ребят из клуба друзей по переписке выкапывали овощи в школьном саду клуба Госпожи Эдвард. Кто-то из ребят выкопал овощ из-под которого неожиданно выпрыгнул кузнечик.

«Привет,» - сказал кузнечик. Дети испугались, но были несказанно рады.

"Не могли бы Вы мне помочь? Вы кажетесь мне очень умными детьми," сказал кузнечик.

"А почему тебе нужна помощь?" спросил один из ребят.

"В мезозойской эре живет злой динозавр, который хочет съесть меня! Пожалуйста, помогите!"- взмолился кузнечик.

Внезапно земля расступилась, и все ребята упали в черную яму. Падая, они видели миллионы мерцающих звезд по пути, и чувствовали себя окаменевшими.

Дети и кузнечик попали во времена мезозойской эры и благополучно приземлились, упав в большую кучу листьев. Перед собой они увидели огромный, пушистый, полосатый, черно-оранжевый хвост. "Хвост похож на тигриный. Но какой же он огромный!" заметили дети.

Тигр оказался очень дружелюбным, он счастливо лизнул детей. Ему тоже не нравился злой динозавр, поэтому он хотел помочь ребятам победить его.

Все вместе друзья вырыли огромную яму, чтобы поймать динозавра. На следующий день они увидели приближающееся к ним животное. Они тихо сидели и ждали. Через некоторое время динозавр упал в яму.

Когда ребята увидели динозавра в яме, им стало очень его жалко. Животное выглядело одиноким и грустным. Динозавр поднял глаза, и дети увидели огромную слезу. Динозавр сказал, "Мне так одиноко. Мне так нужен друг."

Вдруг земля снова расступилась, и дети провалились в чёрную дыру. Они закричали "До свидания, Динозаврик! До свидания, Тигр!" и через некоторое время снова приземлились в Саду Лесной Академии. "Вот это приключение!" в восторге воскликнули ребята.

Кузнечик сказал, "Спасибо огромное за Вашу помощь. Мне нужно возвращаться обратно, потому что динозаврику так нужен друг. А вообще-то, я тоже немного одинок."

КОНЕЦ

БИТВА ДВУХ МИРОВ

Познакомьтесь с героями:

Нефритовый Бог Джейден

Королева Единорогов

Монстр Теней

Злой Полярный Медведь

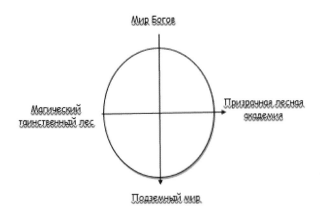

Давным-давно в Призрачной Лесной Академии Монстр Теней и Злой Полярный Медведь решили уничтожить хорошие миры и заменить их на плохие.

Глава 1

Много лет назад Монстр Теней пресытился своей страной и все ему опостылело. И он отдал приказ Злому Полярному Медведю найти самую большую бомбу в мире. Затем он послал сообщение обоим мирам: "Завтра мирам наступит конец". В мгновении ока Нефритовый Бог Джейден и Королева Единорогов полетели в Призрачную Лесную Академию, и это случилось не завтра. Они сделали это сегодня ...

Глава 2

Как могли они остановить бомбу? Могли ли они на самом деле остановить ее? К сожалению, они пришли слишком поздно. Бомба взорвалась! Трах!!!

Глава 3

Добрые миры взорвались. Это была огромная битва, когда Королева Единорогов и Нефритовый Бог Джейден сражались с Монстром Теней и Злым Полярным Медведем. Наконец злые персонажи были побеждены и сбежали на воздушном шаре. Их больше никогда не видели. Хорошие миры были восстановлены, и все, живущие в них, жили долго и счастливо.

КОНЕЦ

GREIERUL MAGIC

A fost odată ca niciodată. Au fost odată patru prieteni care au săpat după legume în clubul de grădinărit al doamnei Edward. Dintr-o dată, cineva a scos o legumă şi a apărut un greiere.

— Bună, zise greierul.

Copiii erau îngroziţi, dar entuziasmaţi.

— Puteţi să mă ajutaţi, vă rog? Arătaţi ca nişte copii sensibili! a spus greierul.

— De ce ai nevoie de ajutor? a întrebat unul dintre copii.

— Există un dinozaur rău care vrea să mă mănânce! Vă rog, ajutaţi-mă! îi imploră greierul.

Dintr-o dată, o gaură neagră s-a deschis şi toţi au căzut în ea. Au văzut milioane de stele strălucitoare pe drum şi s-au simţit împietriţi.

Copiii și greierul au aterizat la dinozauri într-o grămadă mare de frunze. Au văzut o coadă imensă, pufoasă, dungată, negru cu portocaliu în fața lor.

— Această coadă arăta ca cea a unui tigru! Dar este enormă! au spus copiii.

Tigrul părea a fi prietenos și i-a lins pe copiii fericiți. Nu i-a plăcut niciodată dinozaurul rău și a vrut să-i jute pe copii să-l învingă.

Toți au săpat o groapă uriașă pentru a prinde dinozaurul. A doua zi au văzut dinozaurul venind spre ei. Toți stăteau liniștiți și așteptau. În cele din urmă, dinozaurul a căzut în gaură.

Când copiii au văzut dinozaurul acolo, le-au părut rău pentru el. Părea singur și trist. Ochii dinozaurului s-au deschis și copiii au văzut o lacrimă mare. Dinozaurul le-a spus:

— Sunt singur. Am nevoie de un prieten!

Deodată, gaura neagră s-a deschis din nou. Copiii au strigat:

— La revedere, dinozaurule! La revedere, tigrule!

Și după un timp au aterizat în grădina Academiei Woodside din nou.

— Ce aventură! strigară ei.

Greierul a spus:

— Vă mulțumesc pentru ajutor! Trebuie să mă întorc pentru că dinozaurul are nevoie de un prieten. Și, de fapt, și eu sunt puțin singur!

SFÂRȘIT

LUPTA DINTRE DOUĂ LUMI

Faceți cunoștință cu personajele:

Zeul Jayden Jade

Regina Unicorn

Fantoma-monstru

Ursul-polar-rău

CAPITOLUL I

Cu mult timp în urmă, Fantoma-monstru s-a săturat de țara sa.Astfel a ordonat Ursului-polar-rău să găsească cea mai mare bombă din lume. Apoi ea a trimis un mesaj ambelor lumi:

„Lumile vor fi distruse mâine!"

La fel de repede ca un fulger, Zeul Jayden-Jade și Regina Unicorn au zburat la bântuita Academie Woodside și sfârșitul lumii nu a fost mâine... ci a fost azi.

CAPITOLUL II

Cum ar putea să oprească bomba? Chiar ar putea să o oprească? Din păcate au venit prea târziu. Bomba a explodat! BOOOOM!

CAPITOLUL III

Lumile bune au explodat.

A avut loc o bătălie imensă, Regina Unicorn și Zeul Jayden-Jade au luptat cu Fantoma-monstru și Ursul-polar-rău.

La sfârșit, personajele rele au fost înfrânte și au scăpat în balonul lor cu aer cald.

Nu au mai fost văzute niciodată.

Lumile bune au fost reconstruite și toată lumea care trăia în ele a trăit fericită după aceea.

SFÂRȘIT

EL SALTAMONTES MÁGICO

Érase una vez cuatro niños por correspondencia que estaban excavando buscando verduras en el club de jardinería de la señora Edward. De repente, alguien sacó una verdura y un saltamontes salió.

"Hola", dijo el saltamontes. Los niños estaban aterrorizados pero entusiasmados.

"Por favor, ¿Podéis ayudarme?", "Vosotros parecéis niños sensatos", dijo el saltamontes.

¿Por qué necesitas ayuda? , preguntó uno de los niños.

"Hay un dinosaurio malvado que vive en la época de los dinosaurios y él quiere comerme". "Por favor, ¡ayuda!" el saltamontes suplicó.

De repente, un agujero negro se abrió y todos ellos se cayeron en él. Ellos vieron millones de estrellas brillantes en su camino y se sintieron muertos de miedo.

Los niños y el saltamontes aterrizaron en la época de los dinosaurios en un terreno grande de hojas. Ellos vieron una cola enorme, peluda, rayada, negra y naranja delante de ellos.

El tigre parecía ser amigable y lamió a los niños alegremente. A él tampoco le gustaba el dinosaurio malvado y quería ayudar a los niños a derrotarlo.

Todos ellos cavaron un agujero negro para atrapar al dinosaurio. Al día siguiente, vieron venir al dinosaurio hacia ellos. Todos se sentaron callados y esperaron. Finalmente, el dinosaurio se cayó en el agujero.

Cuando los niños vieron al dinosaurio allí, les dio lástima. Los ojos del dinosaurio se abrieron y los niños vieron una gran lágrima. El dinosaurio dijo: "¡Estoy sólo, necesito un amigo!.

De repente, el agujero negro se abrió de nuevo. Los niños gritaron: "Adiós dinosaurio"," ¡Adiós tigre!" y después de un momento ellos aterrizaron a los jardines de la Academia Woodside de nuevo. Ellos gritaron: "¡Qué gran aventura!"

El saltamontes dijo: "Gracias por vuestra ayuda" Necesito volver porque el dinosaurio necesita un amigo. Y en realidad, "yo estoy un poco sólo también".

UNA BATALLA DE DOS MUNDOS

PERSONAJES:

HAUNTED Woodside Academy

CHARACTERS (PERSONAJES)

oso Polar malvado

monstruo de las Sombras

Dios Jayden Jack

Reina Unicornio

Mundo de los dioses

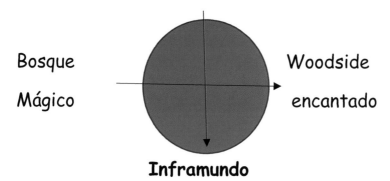

Bosque Mágico

Woodside encantado

Inframundo

Hace mucho tiempo en la Academia encantanda Woodside, el monstruo Shadow y el malvado

Oso Polar estaban tramando destruir los mundos buenos y sustituirlos por los malos.

Capítulo 1

Hace mucho tiempo, el monstruo Shadow estaba harto de su tierra. Así que, el ordenó al malvado Oso Polar a buscar la bomba más grande del mundo. Entonces, él envió un mensaje a ambos mundos: "Los mundos necesitaran terminar mañana".

Tan rápido como un rayo, Jayden y la reina Unicorn volaron al malvado Woodside y no fue mañana..... Fue hoy......

Capítulo 2

¿Cómo podían ellos parar la bomba?, ¿Realmente podrían pararla? Desafortunadamente, ellos llegaron tarde. ¡La bomba explotó!

¡¡¡¡¡¡BUM!!!!!!!

Capítulo 3

Los mundos buenos explotaron. Hubo una gran batalla cuando la reina Unicorn y el Dios Jayden Jade lucharon contra el monstruo Shadow y el malvado Oso Polar. Al final, los personajes malvados fueron derrotados y ellos escaparon en un globo aerostático. Nunca volvieron a verse de nuevo. Los mundos buenos fueron reconstruidos y todo el mundo que vivía allí, vivió feliz para siempre.

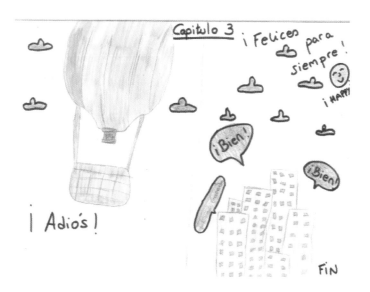

FIN

Printed in Great Britain
by Amazon